AU ROI,
AU DUC D'ORLÉANS,
AU PEUPLE,

PAR

FLORVIL DE W...,
Auteur des Préludes.

IMP. D'A. ÉVERAT ET Cⁱᵉ, R. DU CADRAN, 16.

AU ROI,

AU DUC D'ORLÉANS,

AU PEUPLE,

PAR FLORVIL DE W...,

Auteur des Préludes.

Par Bauduin (Florville),
Voy. Quérard
et Garnier-Bourdin
d'après Supercherie

Paris,

CHEZ LEDOYEN, LIBRAIRE, AU PALAIS-ROYAL,
54, GALERIE D'ORLÉANS.

1857.

IMPRIMERIE D'A. ÉVERAT ET COMP.,
rue du Cadran, 16.

AU ROI

SUR L'AMNISTIE.

Sire, il est noble et grand, lorsqu'un parti menace
Et se lève à demi, d'oser lui faire grâce ;
Il est beau de briser les portes des prisons,
De rendre à l'exilé le ciel de sa patrie,
De dire aux assassins : Je vous laisse la vie,
Aux hommes égarés : Je ne sais plus vos noms!

Oui , vous avez bien fait d'oublier comme un père

Qui ne peut à son fils garder un front sévère ,

D'écouter votre cœur qui parle loin du bruit,

De vous dire : Ils sont là , gémissant sur la dalle ,

Privés d'air , attendant ma parole royale

Dont l'éclat solennel va briller dans leur nuit.

Oh ! vous avez bien fait ; et par votre clémence

Vous ramenez le peuple aux beaux jours de la France,

Qui va battre des mains , sur votre Carrousel ,

Vous jetant dans ses cris son âme tout entière ;

Et depuis ce jour-ci , l'enfant dans sa prière

Unira votre nom au nom de l'Éternel !

Heureux celui qui sait pardonner en ce monde ,

Car le calme revient en son cœur et l'inonde ;

Car il est tant aimé du seigneur notre Dieu ,

Que les anges bénis, des voûtes éternelles,

Ont toujours un abri sous leurs brillantes ailes

Pour le roi que la mort cherche encore en ce lieu !

Désormais, nul ne peut toucher à votre tête ,

Car vous avez pour vous un lendemain de fête ;

Car vous avez le peuple au pieux souvenir,

Qui, tout un siècle, gardé en sa bonne mémoire

Un seul mot de bonté , de grandeur ou de gloire

Qu'un roi laisse tomber parfois pour l'avenir.

10 mai 1837.

A MONSEIGNEUR LE DUC D'ORLÉANS

SUR LE DÉSASTRE DU CHAMP-DE-MARS.

Vous avez entendu, du milieu de la fête,

Le cri désespéré du peuple qui s'arrête

    Sous l'aile de la mort;

Vous avez bien compris cette douleur amère,

Et vous êtes venu pour consoler la mère

    Que torturait le sort.

Car elle avait perdu son fils dans la veillée,

Comme on perd une fleur par la brise effeuillée

Dans un jour de printemps;

Dans un long jour de joie, où tout venait sourire,

Où le ciel radieux au pauvre semblait dire :

Chante encore, et longtemps!

Vous avez consolé l'enfant pleurant son père,

Pauvre ange, dépouillé sur cette froide terre

De son morceau de pain !

Votre cœur vous a dit de suspendre une fête,

Et de donner, le soir, des secours en cachette

Tout le long du chemin.

Vous avez salué l'indigent sous son chaume

Comme il saluerait, lui, le prince du royaume,

Avec même bonté.

Vous vous êtes assis tout auprès de sa couche ,

Et vous avez voulu recueillir de sa bouche

L'unique volonté !

Certe il est noble et grand d'en user de la sorte ,

Il est beau de rouvrir au malheur une porte ,

De dire : avant le bal ,

Il faut dans un linceul donner un coin de terre ,

Et la croix de l'église, au pauvre prolétaire

Mort d'un plaisir royal.

Ainsi marche la vie en ce monde éphémère ,

Toujours un peu de joie a sa douleur amère.

Non, jamais de banquet sans un verre brisé ;

Nul bonheur n'est parfait pour l'homme sur la terre ,

Plus il est haut placé, plus il souffre en sa sphère

Du mal sur nous tous divisé.

C'est Dieu qui l'a voulu dans sa grande puissance :

Courbons-nous sous sa loi dans un profond silence.

Il ne faut point blâmer ce que l'on ne voit pas !

Souvent par le malheur notre âme traversée

Sait comprendre le mot d'une grave pensée

    Qui jour et nuit troublait nos pas !

Pourtant laissez redire à l'âme du poëte

Tout ce que fait le prince à l'heure de la fête.

Le peuple doit savoir tout le bien qu'on lui fait ,

Car il pèse longtemps l'obole qu'on lui donne ,

Et sait, au jour marqué, soutenir la couronne ,

    Ou la broyer comme en juillet !

19 juin 1857.

AU PEUPLE.

Marchez le front levé, le cœur plein d'espérance,

Travailleurs, dont le bras aujourd'hui s'use en France !

Marchez ! car l'industrie est fille du progrès.

Marchez ! car on mesure un homme à ses succès.

Le siècle à l'artisan accorde sa lumière,

Et chacun, grâce à lui, peut être respecté

En plaçant pour jamais sur sa jeune bannière :

Travail et Liberté !

Bien loin de nous ces temps de sang et de misère

Où le peuple asservi n'était bon qu'à la guerre,

Et s'en allait mourir sur un mot de son roi.

Voyez! l'humanité reprend encor sa loi,

Et vient pour nous guider de sa splendeur première.

Marchons! peuples, marchons! unis par sa clarté,

Et plaçons pour jamais au front de sa bannière :

       Travail et Liberté!

Sur son trône puissant l'Éternel vous écoute,

Et vous soutient toujours d'un regard sur la route

Où, pauvres, vous venez gagner un peu de pain!

En Dieu seul ayez foi, car Dieu fait le destin,

Seul il donne la force à l'enfance en prière ;

Seul il protége tout de sa haute bonté,

En plaçant au sommet d'une sainte bannière :

       Travail et Liberté!

PENSÉE D'AVENIR.

Tout s'effeuille ou tout meurt privé de la lumière !
A peine est-on venu, que l'on fait sa prière
     Pour vivre en d'autres lieux...
C'est qu'ici tout est faux, et cruel, et perfide ;
C'est que l'homme n'a plus, pour lui servir de guide,
     Un seul rayon des cieux !

Ni croyance, ni lois, rien que bassesse étrange !
Tout sentiment s'éteint dans l'horrible mélange
     De la haine et du mal !
Ainsi marche le siècle indélébile et sombre,
A travers les soucis, et les larmes sans nombre,
Du poëte accroupi sur un lit d'hôpital.....

Horrible état ! D'où naîtra la lumière ?.

Dans ce chaos, dans cette étroite sphère,

Soyons unis, marchons du même pas !

Que notre voix résonne sur la terre ;

Et que par nous l'homme dise : J'espère....

Toute croyance est un bien ici-bas.

Il faut plus de sept jours pour retremper le monde,

Pour l'élever sublime au faîte du progrès ;

Pour lui dire : Marchez ! L'humanité se fonde

Un trône impérissable au milieu de la paix !

Pour dire : Plus de sang, plus d'effroyable guerre,

Plus d'exil, plus de fers, de prison, d'échafaud,

Où l'innocent flétri s'incline par son frère,

Ou va, sans voir le ciel, mourir dans un cachot !

Pour dire : L'homme doit, descendu sur la terre,

Toujours aimer, aider le pauvre en sa misère,

    Et lui tendre la main !

En donnant, sous son chaume, une place à sa table ;

Il s'en fait une au ciel, pour le moins, aussi stable

Que celle de l'enfant éprouvé par la faim !

Hélas ! il faut encor bien du temps pour que l'homme

Comprenne tous ces mots gravés dans l'avenir,

Et pour que son cœur s'ouvre à l'infortune, comme

La prairie à l'eau vive, ou la fleur au zéphyr !

1836.

A MADAME FAV...,

Le 15 juillet 1857, jour de sa fête.

Oh ! laissez-vous aimer comme on aime au jeune âge ,

Laissez-nous vous jeter des fleurs à pleine main ,

Laissez de notre cœur parler le vrai langage

    Qui seul toujours vous plaît si bien !

Salut à la bonté qui le soir s'achemine

Vers le pauvre souffrant qui languit par la faim !

Salut à l'être aimant dont la flamme divine

    M'éclaire encor sur mon chemin !

Ornement si parfait de ce monde éphémère,

Où vous nous rappelez par la pensée austère

Qui vient germer en nous,

Salut à vous, salut, noble et touchante femme,

Pur rayon détaché de la céleste flamme ;

Salut, salut à vous !

www.ingramcontent.com/pod-product-compliance
Lightning Source LLC
Chambersburg PA
CBHW061421170626
46811CB00005B/2079